LES CONTES DU CHAT PERCHÉ

Un jour de l'année dernière, passant sous un pommier fleuri, j'ai vu un gros chat perché sur la plus basse branche. Il miaulait si tristement que je me suis arrêté pour lui demander où il avait mal.

– Eh bien voilà, m'a dit le gros chat. Tout à l'heure, je me suis endormi sur ma branche, et je ne sais comment la chose a pu se faire, mais quand je me suis éveillé, j'avais la moustache prise entre l'arbre et l'écorce. Elle y est encore, et je n'ose même pas bouger la tête, parce que ça fait mal et que ma moustache risquerait d'être arrachée.

Je n'avais qu'à me dresser sur la pointe des pieds et à soulever un peu l'écorce pour le délivrer. C'est ce que j'ai fait aussitôt. Le gros chat, qui était très fier de sa belle moustache, paraissait bien content. Il m'a dit en ronronnant :

– Tu as été bon, et il faut que je te récompense. Justement, tu as l'air de chercher quelque chose.

– C'est vrai, chat. Mais ce que je cherche, tu ne peux pas me le donner.

– Peut-être…

– Je cherche une histoire qui amuse les enfants, mais je n'en trouve pas.

Alors, le chat s'est dressé sur ses quatre pattes, il a fait le gros dos avec un air important, et il a ri dans sa moustache.

– Une histoire ? Mais moi, j'en connais, des histoires ! Écoute…

Maquette : David Alazraki

ISBN : 2-07-053889-3

Loi n° 49-956 du 16 juillet 1949 sur les publications destinées à la jeunesse
N° d'édition : 145534
Premier dépôt légal : octobre 1999
Dépôt légal : mai 2006
Imprimé en Italie par Editoriale Lloyd

Marcel Aymé

Le problème

Un conte du chat perché

illustré par Roland et Claudine Sabatier

GALLIMARD JEUNESSE

Les parents posèrent leurs outils contre le mur et, poussant la porte, s'arrêtèrent au seuil de la cuisine. Assises l'une à côté de l'autre, en face de leurs cahiers de brouillons, Delphine et Marinette leur tournaient le dos. Elles suçaient le bout de leur porte-plume et leurs jambes se balançaient sous la table.

– Alors ? demandèrent les parents. Il est fait, ce problème ?

Les petites devinrent rouges. Elles ôtèrent les porte-plume de leur bouche.

– Pas encore, répondit Delphine avec une pauvre voix. Il est difficile. La maîtresse nous avait prévenues.

– Du moment que la maîtresse vous l'a donné, c'est que vous pouvez le faire. Mais avec vous, c'est toujours la même chose. Pour s'amuser, jamais en retard, mais pour travailler, plus personne et pas plus de tête que mes sabots. Il va pourtant falloir que ça change. Regardez-moi ces deux grandes bêtes de dix ans. Ne pas pouvoir faire un problème.

– Il y a déjà deux heures qu'on cherche, dit Marinette.

– Eh bien ! vous chercherez encore. Vous y passerez votre jeudi après-midi, mais il faut

que le problème soit fait ce soir. Et si jamais il n'est pas fait, ah ! s'il n'est pas fait ! Tenez, j'aime autant ne pas penser à ce qui pourrait vous arriver.

Les parents étaient si en colère à l'idée que le problème pourrait n'être pas fait le soir qu'ils s'avancèrent de trois pas à l'intérieur de la cuisine. Se trouvant ainsi derrière le dos des petites, ils tendirent le cou par-dessus leurs têtes et, tout d'abord, restèrent muets d'indignation. Delphine et Marinette avaient dessiné, l'une un pantin qui tenait toute une page de son cahier de brouillons, l'autre une maison avec une cheminée qui fumait, une mare où nageait un canard et une très longue route au bout de laquelle le facteur arrivait à

bicyclette. Recroquevillées sur leurs chaises, les petites n'en menaient pas large. Les parents se mirent à crier, disant que c'était incroyable et qu'ils n'avaient pas mérité d'avoir des filles pareilles. Et ils arpentaient la cuisine en levant les bras et s'arrêtaient de temps en temps pour taper du pied sur le carreau. Ils faisaient tant de bruit que le chien, couché sous la table aux pieds des

petites, finit par se lever et vint se planter devant eux. C'était un berger briard qui les aimait beaucoup, mais qui aimait encore plus Delphine et Marinette.

– Voyons, parents, vous n'êtes pas raisonnables, dit-il. Ce n'est pas de crier ni de taper du pied qui va nous avancer dans le problème. Et d'abord, à quoi bon rester ici à faire des problèmes quand il fait si beau dehors ? Les pauvres petites seraient bien mieux à jouer.

– C'est ça. Et plus tard, quand elles auront vingt ans, qu'elles seront mariées, elles seront si bêtes que leurs maris se moqueront d'elles.

– Elles apprendront à leurs maris à jouer à la balle et à saute-mouton. N'est-ce pas, petites ?

– Oh ! oui, dirent les petites.

– Silence, vous ! crièrent les parents. Et au travail. Vous devriez avoir honte. Deux grandes sottes qui ne peuvent même pas faire un problème.

– Vous vous faites trop de soucis, dit le chien. Si elles ne peuvent pas faire leur problème, eh bien ! que voulez-vous, elles ne peuvent pas. Le mieux est d'en prendre son parti. C'est ce que je fais.

– Au lieu de perdre leur temps à des gribouillages… Mais en voilà assez. On n'a pas de comptes à rendre au chien. Allons-nous-en. Et vous, tâchez de ne pas vous amuser. Si le problème n'est pas fait ce soir, tant pis pour vous.

Sur ces mots, les parents quittèrent la cuisine, ramassèrent leurs outils et partirent pour les champs sarcler les pommes de terre. Penchées sur leurs cahiers de brouillons, Delphine et Marinette sanglotaient. Le chien vint se planter entre leurs deux chaises, et posant ses deux pattes de devant sur la table, leur passa plusieurs fois sa langue sur les joues.

– Est-ce qu'il est vraiment si difficile, ce problème ?

– S'il est difficile ! soupira Marinette. C'est bien simple. On n'y comprend rien.

– Si je savais de quoi il s'agit, dit le chien, j'aurais peut-être une idée.

– Je vais te lire l'énoncé, proposa Delphine. « Les bois de la commune ont une étendue de seize hectares. Sachant qu'un are est planté de trois chênes, de deux hêtres et d'un bouleau, combien les bois de la commune contiennent-ils d'arbres de chaque espèce ? »

– Je suis de votre avis, dit le chien, ce n'est pas un problème facile. Et d'abord, qu'est-ce que c'est qu'un hectare ?

– On ne sait pas très bien, dit Delphine qui, étant l'aînée des petites, était aussi la plus savante. Un hectare, c'est à peu près comme un are, mais pour dire lequel est le

plus grand, je ne sais pas. Je crois que c'est l'hectare.

– Mais non, protesta Marinette. C'est l'are le plus grand.

– Ne vous disputez pas, dit le chien. Que l'are soit plus grand ou plus petit, c'est sans importance. Occupons-nous plutôt du problème. Voyons : « Les bois de la commune… »

Ayant appris l'énoncé par cœur, il y réfléchit très longtemps. Parfois, il faisait remuer ses oreilles, et les petites avaient un peu d'espoir, mais il dut convenir que ses efforts n'avaient pas abouti.

– Ne vous découragez pas. Le problème a beau être difficile, on en viendra à bout. Je vais réunir toutes les bêtes de la maison. A nous tous, on finira bien par trouver la solution.

Le chien sauta par la fenêtre, alla trouver le cheval qui broutait dans le pré et lui dit :

– Les bois de la commune ont une étendue de seize hectares.

– C'est bien possible, dit le cheval, mais je ne vois pas en quoi la chose m'intéresse.

Le chien lui ayant expliqué en quel ennui se trouvaient les deux petites, il manifesta aussitôt une grande inquiétude et fut également d'avis de proposer le problème à toutes les bêtes de la ferme. Il se rendit dans la cour et, après avoir poussé trois hennissements, se mit à jouer des claquettes en dansant des quatre sabots sur les planches de voiture qui résonnaient comme un tambour. A son appel accoururent de toutes parts les poules, les vaches, les bœufs, les oies, le cochon, le canard, les chats, le coq, les veaux et ils se rangèrent en demi-cercle sur trois rangs devant la maison. Le chien se mit à la fenêtre entre les deux petites et, leur ayant expliqué ce qu'on attendait d'eux, donna l'énoncé du problème :

– Les bois de la commune ont une étendue de seize hectares.

Les bêtes réfléchissaient en silence et le chien se tournait vers les petites avec des clins d'yeux pour leur donner à entendre qu'il était plein d'espoir. Mais bientôt s'élevèrent parmi les bêtes des murmures découragés. Le canard lui-même, sur lequel on comptait beaucoup, n'avait rien trouvé et les oies se plaignaient d'avoir mal à la tête.

– C'est trop difficile, disaient les bêtes. Ce n'est pas un problème pour nous. On n'y comprend rien. Moi, j'abandonne.

– Ce n'est pas sérieux, s'écria le chien. Vous n'allez pas laisser les petites dans l'embarras. Réfléchissez encore.

– A quoi bon se casser la tête, grogna le cochon, puisque ça ne sert à rien.

– Naturellement, dit le cheval, tu ne veux rien faire pour les petites. Tu es du côté des parents.

– Pas vrai ! Je suis pour les petites. Mais j'estime qu'un problème comme celui-là…

– Silence !

Les bêtes se remirent à chercher la solution du problème des bois, mais sans plus de résultat que la première fois. Les oies avaient de plus en plus mal à la tête. Les vaches commençaient à somnoler. Le cheval, malgré toute sa bonne volonté, avait des distractions et tournait la tête à droite et à gauche. Comme il regardait du côté du pré, il vit arriver dans la cour une petit poule blanche.

– Ne vous pressez pas, lui dit-il. Alors, non ? Vous n'avez pas entendu le signal du rassemblement ?

– J'avais un œuf à pondre, répondit-elle d'un ton sec. Vous ne prétendez pas m'empêcher de pondre, j'espère.

Elle entra dans le cercle des bêtes et, après avoir pris place au premier rang, parmi les autres poules, elle s'informa du motif de la réunion. Le chien, que le découragement commençait à gagner, ne jugeait guère utile de la renseigner. Il ne croyait pas du tout qu'elle pût réussir là où avaient échoué tous les autres. Consultées, Delphine et Marinette, par égard pour elle, décidèrent de la mettre au courant. Le chien commença ses explications et, une fois de plus, récita l'énoncé du problème :

– Les bois de la commune ont une étendue de seize hectares…

– Eh bien ! je ne vois pas ce qui vous arrête, dit la petite poule blanche lorsqu'il eut fini. Tout ça me paraît très simple.

Les petites étaient roses d'émotion et la regardaient avec un grand espoir. Cependant, les bêtes échangeaient des réflexions qui n'étaient pas toutes bienveillantes.

– Elle n'a rien trouvé. Elle veut se rendre intéressante. Elle n'en sait pas plus que nous. Vous pensez, une petite poule de rien du tout.

– Voyons, laissez-la parler, dit le chien. Silence, cochon, et vous, les vaches, silence aussi. Alors, qu'est-ce que tu as trouvé ?

– Je vous répète que c'est très simple,

répondit la petite poule blanche, et je m'étonne que personne n'y ait pensé. Les bois de la commune sont tout près d'ici. Le seul moyen de savoir combien il y a de chênes, de hêtres et de bouleaux, c'est d'aller les compter. A nous tous, je suis sûre qu'il ne nous faudra pas plus d'une heure pour en venir à bout.

– Ça, par exemple ! s'écria le chien.

– Ça, par exemple ! s'écria le cheval.

Delphine et Marinette étaient tellement émerveillées qu'elles ne trouvaient rien à dire. Sautant par la fenêtre, elles s'agenouillèrent auprès de la petite poule blanche et lui caressèrent les plumes, celles du dos et celles du jabot. Elle protestait modestement qu'elle n'avait aucun mérite. Les bêtes se pressaient autour d'elle pour la complimenter. Même le cochon, qui était un peu jaloux, ne pouvait cacher son admiration. « Je n'aurais pas cru que cette bestiole était aussi capable », disait-il.

Le cheval et le chien ayant mis fin aux compliments, Delphine et Marinette, suivies de toutes les bêtes de la ferme traversèrent la route et gagnèrent la forêt. Là, il fallut d'abord apprendre à chacun à reconnaître un chêne, un hêtre, un bouleau. Les bois de la commune furent ensuite partagés en autant de tranches qu'il y avait de bêtes, c'est-à-dire quarante-deux (sans compter les poussins, les oisons, les chatons et les porcelets, auxquels on confia le soin de compter les fraisiers et les pieds de muguet). Le cochon se plaignit qu'on lui eût donné un mauvais coin où les arbres n'étaient pas aussi importants qu'ailleurs. Il grognait que le morceau de forêt attribué à la petite poule blanche aurait dû lui revenir.

– Mon pauvre ami, lui dit-elle, je ne sais pas ce qui peut vous faire envie dans mon coin, mais ce que je sais, c'est qu'on a bien raison de dire bête comme un cochon.

– Petite imbécile. Vous faites bouffer vos plumes parce que vous avez trouvé la solution du problème, mais c'était à la portée de tout le monde.

– Est-ce que je dis le contraire ? Marinette, donnez donc mon secteur à Monsieur et choisissez-m'en un autre qui soit aussi loin que possible de ce grossier personnage.

Marinette leur donna satisfaction et chacun se mit au travail. Tandis que les bêtes comptaient les arbres de la forêt, les petites allaient de secteur en secteur et recueillaient les chiffres qu'elles inscrivaient sur leurs cahiers de brouillons.

– Vingt-deux chênes, trois hêtres, quatorze bouleaux, disait une oie.

– Trente-deux chênes, onze hêtres, quatorze bouleaux, disait le cheval.

Puis ils continuaient à compter en repartant de un. La besogne allait très vite et tout semblait devoir se passer sans incident. Les trois quarts des arbres étaient dénombrés et le canard, le cheval et la petite poule blanche venaient de terminer leur travail lorsqu'un hurlement partit du fond des bois de la commune et l'on entendit la voix du cochon qui appelait :

– Au secours ! Delphine ! Marinette ! Au secours !

Guidées par la voix, les petites se mirent à courir et arrivèrent en même temps que le cheval auprès du cochon.

Celui-ci, tremblant des quatre pattes, se trouvait en face d'un gros sanglier qui le regardait avec des yeux pleins de colère et l'interpellait d'une voix irritée :

– Espèce d'idiot, vous avez fini de brailler comme ça ? Qu'est-ce qui vous prend de réveiller les honnêtes gens en plein jour ? Je vais vous apprendre à vivre moi. Quand on a une tête comme la vôtre, on devrait se cacher et ne pas se produire dans les bois. Vous, les petits, rentrez dans la bauge.

Ces dernières paroles s'adressaient à une dizaine de marcassins qui se bousculaient autour du cochon et jouaient même entre ses pattes. Le dos rayé de longues bandes claires, ils étaient gros comme des chats et avaient de petits yeux rieurs. Peut-être le cochon ne devait-il son salut qu'à leur présence, car le sanglier n'aurait pu se jeter sur lui sans courir le risque d'en écraser un ou deux.

– Qu'est-ce que c'est encore que ceux-là ? gronda le sanglier, en voyant arriver le cheval et les deux petites. Ma parole, on se croirait sur une route nationale. Il ne manque plus que des autos. Je commence à en avoir assez.

Il avait l'air si méchant qu'il fit une grande peur aux petites. Elles s'étaient arrêtées court en balbutiant une excuse, mais elles n'eurent pas plus tôt aperçu les marcassins qu'elles oublièrent le sanglier et s'écrièrent qu'elles n'avaient jamais rien vu d'aussi charmant. Ce disant, elles jouaient avec eux, les caressaient et les embrassaient. Heureux d'avoir trouvé avec qui jouer, ils poussaient de petits grognements de joie et d'amitié.

– Qu'ils sont jolis, répétaient Delphine et Marinette. Qu'ils sont mignons. Qu'ils sont gentils.

Le sanglier n'avait pas l'air méchant. Ses yeux devenaient rieurs comme ceux des marcassins et sa hure avait une expression de douceur.

– C'est une assez belle portée, convint-il. Insouciants comme ils sont, ils nous donnent bien du tracas, mais que voulez-vous, c'est de leur âge. Leur mère prétend qu'ils sont jolis et, ma foi, je ne suis pas fâché que vous soyez de son avis. Pour être franc, je n'en dirai pas autant de ce cochon qui me regarde d'un air si stupide. Quel drôle d'animal ! Est-il possible d'être aussi laid ? Je n'en reviens pas.

Le cochon, qui tremblait encore de la peur qu'il avait eue, n'osait pas protester, mais il se trouvait plus beau que le sanglier et roulait des yeux furieux.

– Et vous, petites filles, qu'est-ce qui vous amène dans les bois de la commune ?

– Nous sommes venues avec nos amis de la ferme pour compter les arbres. Mais le cheval vous expliquera. Il nous faut aller finir le problème.

Après avoir encore embrassé les marcassins, Delphine et Marinette s'éloignèrent en promettant de revenir dans un moment.

– Figurez-vous, dit le cheval, que la maîtresse d'école a donné aux petites un problème très difficile.

– Je ne comprends pas bien. Il faut m'excuser, mais je vis très retiré. Je ne sors guère que la nuit et la vie du village m'est presque étrangère.

Le sanglier s'interrompit pour jeter un coup d'œil au cochon et dit à haute voix :

– Que cet animal est donc laid. Je n'arrive pas à m'y habituer. Cette peau rose est d'un effet vraiment écœurant. Mais n'en parlons plus. Je vous disais donc qu'à vivre la nuit je suis resté ignorant de bien des choses. Qu'est-ce qu'une maîtresse d'école par exemple ? Et qu'est-ce qu'un problème ?

Le cheval lui expliqua ce qu'étaient une maîtresse d'école et un problème.

Le sanglier s'intéressa

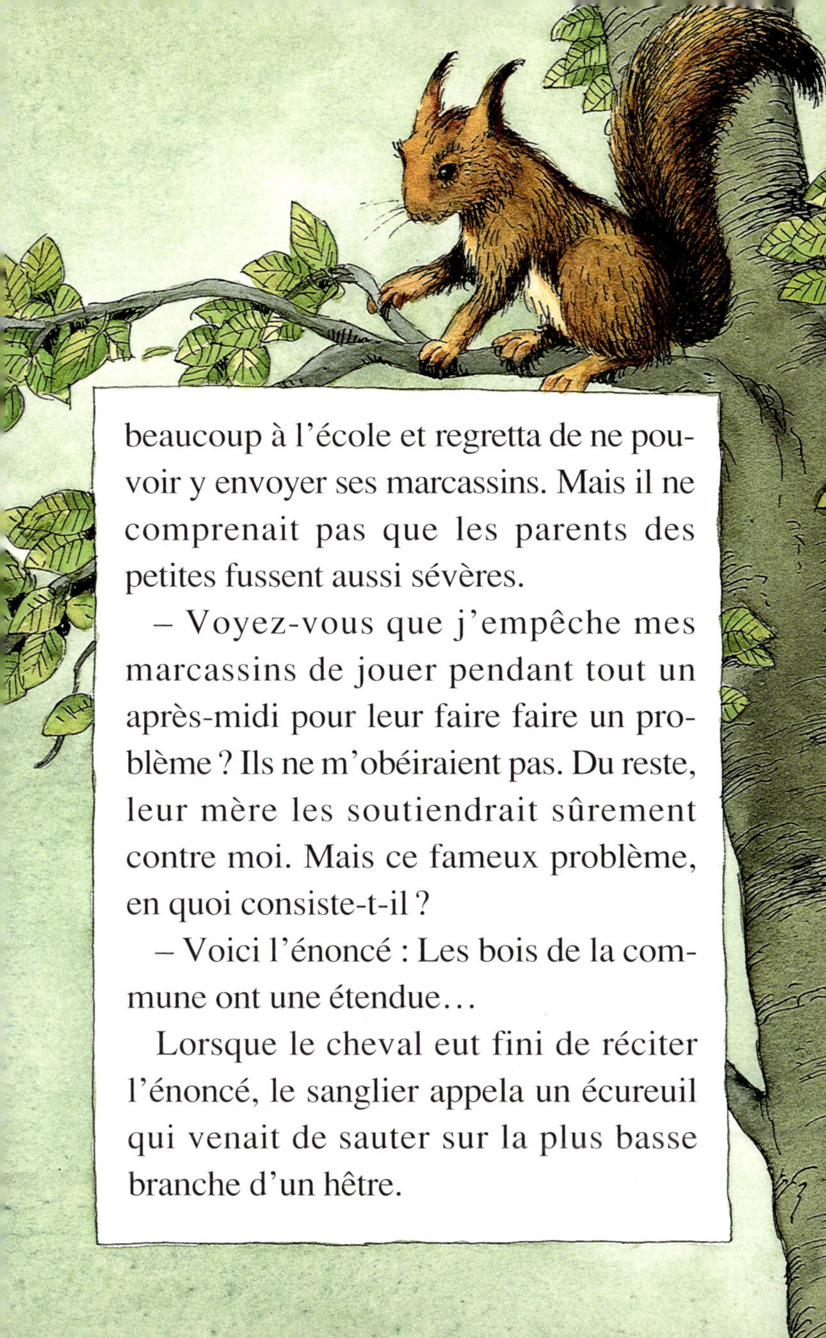

beaucoup à l'école et regretta de ne pouvoir y envoyer ses marcassins. Mais il ne comprenait pas que les parents des petites fussent aussi sévères.

– Voyez-vous que j'empêche mes marcassins de jouer pendant tout un après-midi pour leur faire faire un problème ? Ils ne m'obéiraient pas. Du reste, leur mère les soutiendrait sûrement contre moi. Mais ce fameux problème, en quoi consiste-t-il ?

– Voici l'énoncé : Les bois de la commune ont une étendue…

Lorsque le cheval eut fini de réciter l'énoncé, le sanglier appela un écureuil qui venait de sauter sur la plus basse branche d'un hêtre.

– Occupe-toi tout de suite de savoir combien il y a de chênes, de hêtres et de bouleaux dans les bois de la commune, lui dit-il. J'attends ici.

L'écureuil disparut aussitôt dans les hautes branches. Il allait avertir les autres écureuils et avant un quart d'heure, affirmait le sanglier, il rapporterait la réponse. Ainsi pourrait-on contrôler si le compte de Delphine et Marinette était juste. Le cochon, qui était resté planté au milieu des marcassins, s'avisa soudain qu'il n'avait pas terminé sa besogne, mais ne sachant plus où il en était, il lui fallait tout recommencer. Comme il hésitait sur la conduite à tenir, il vit arriver le canard et la petite poule blanche.

– J'espère que vous n'êtes pas trop fatigué, lui dit celle-ci. Ce n'était pas la peine, tout à l'heure, de tant faire le fier et le redressé pour laisser tout en plan. Il a fallu que le canard et moi nous nous partagions votre travail.

Le cochon était très gêné et ne savait que dire. La petite poule blanche ajouta d'un ton sec :

– Ne vous excusez pas. Ne nous remerciez pas non plus. Ce n'est pas la peine.

– Décidément, dit le sanglier, il ne lui manque rien. Il est laid, il a la peau rose et il est paresseux.

Cependant, les marcassins entouraient les nouveaux venus et voulaient jouer avec eux, mais la petite poule blanche, qui n'aimait pas les familiarités, les pria de la laisser en paix. Comme ils insistaient, la poussant à coups de tête ou posant leurs pattes sur son dos, elle se percha sur une branche de noisetier. Suivies des autres bêtes de la ferme,

Delphine et Marinette venaient chercher les chiffres que devait fournir le cochon. Ce furent le canard et la petite poule blanche qui les leur donnèrent.

Il ne restait plus que trois additions à faire. Quelques minutes plus tard, Delphine annonçait :

– Dans les bois de la commune, il y a trois mille neuf cent dix-huit chênes, douze cent quatorze hêtres et treize cent deux bouleaux.

– C'est ce que je pensais, dit le cochon.

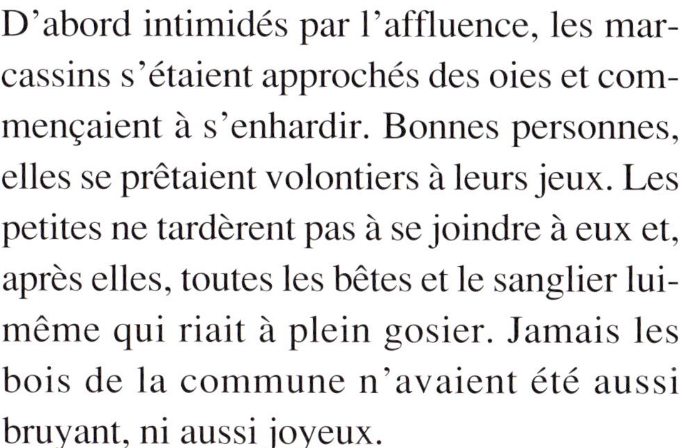

Delphine remercia les bêtes d'avoir si bien travaillé et particulièrement la petite poule blanche qui avait compris le problème et trouvé la solution. D'abord intimidés par l'affluence, les marcassins s'étaient approchés des oies et commençaient à s'enhardir. Bonnes personnes, elles se prêtaient volontiers à leurs jeux. Les petites ne tardèrent pas à se joindre à eux et, après elles, toutes les bêtes et le sanglier lui-même qui riait à plein gosier. Jamais les bois de la commune n'avaient été aussi bruyant, ni aussi joyeux.

– Ce n'est pas pour vous contrarier, dit le chien au bout d'un moment, mais le soleil commence à baisser. Les parents vont bientôt rentrer et s'ils ne trouvent personne à la ferme, ils pourraient bien n'être plus de bonne humeur.

Comme on se disposait à partir, un groupe d'écureuils apparut sur la plus basse branche d'un hêtre et l'un d'eux dit au sanglier :

– Dans les bois de la commune, il y a trois mille neuf cent dix-huit chênes, douze cent quatorze hêtres et treize cent deux bouleaux.

Les chiffres de l'écureuil étaient les mêmes que ceux des petites et le sanglier s'en réjouit.

– C’est la preuve que vous ne vous êtes pas trompées. Demain, la maîtresse vous donnera une bonne note. Ah ! je voudrais bien être là quand elle vous complimentera. Moi qui aimerais tant voir une école.

– Venez donc demain matin, proposèrent les petites. La maîtresse n’est pas très méchante. Elle vous laissera entrer en classe.

– Vous croyez ? Eh bien ! je ne dis pas non. Je vais y réfléchir.

Lorsque les petites le quittèrent, le sanglier était à peu près décidé à aller à l'école le lendemain. Le cheval et le chien lui avaient promis de s'y rendre également pour qu'il ne fût pas le seul étranger à se présenter devant la maîtresse.

Au retour des champs, les parents virent Delphine et Marinette qui jouaient dans la cour et ils leur crièrent de la route :

– Est-ce que vous avez fait votre problème ?

– Oui, répondirent les petites en s'avançant à leur rencontre, mais il nous a donné du mal.

– Ça a été un rude travail, affirma le cochon, et ce n'est pas pour me vanter, mais dans les bois…

Marinette réussit à le faire taire en lui marchant sur le pied. Les parents le regardèrent de travers en grommelant que cet animal était de plus en plus stupide. Puis ils dirent aux petites :

– Ce n'est pas tout d'avoir fait le problème. Il faut aussi qu'il soit juste. Mais ça, on le saura demain. On verra la note que la maîtresse vous donnera. Si jamais votre problème n'est pas juste, vous pouvez compter que ça ne se passera pas comme ça. Ce serait trop facile. Il suffirait de bâcler un problème.

– On ne l'a pas bâclé, assura Delphine, et vous pouvez être certains qu'il est juste.

– Du reste, l'écureuil trouve comme nous, déclara le cochon.

– L'écureuil ! Ce cochon devient fou. Il a d'ailleurs un drôle de regard. Allons, plus un mot et rentre dans ta soue.

Le lendemain matin, lorsque la maîtresse apparut sur le seuil de l'école pour faire entrer les élèves, elle ne s'étonna pas de voir dans la cour un cheval, un chien, un cochon et une petite poule blanche. Il n'était pas rare qu'une bête de la ferme voisine vînt s'égarer par là. Ce qui ne manqua pas de la surprendre et de l'effrayer, ce fut l'arrivée d'un sanglier débouchant soudain d'une haie où il se tenait caché. Peut-être eût-elle crié et appelé au

secours si Delphine et Marinette ne l'avaient aussitôt rassurée.

– Mademoiselle, n'ayez pas peur. On le connaît. C'est un sanglier très gentil.

– Pardonnez-moi, dit le sanglier en s'approchant. Je ne voudrais pas vous déranger, mais j'ai entendu dire tant de bien de votre école et de votre enseignement que l'envie m'est venue d'entendre une de vos leçons. Je suis sûr que j'aurais beaucoup à y gagner.

Flattée, la maîtresse hésitait pourtant à le recevoir dans sa classe. Les autres bêtes s'étaient avancées et réclamaient la même faveur.

– Bien entendu, ajouta le sanglier, nous nous engageons, mes compagnons et moi, à être sages et à ne pas troubler la leçon.

– Après tout, dit la maîtresse, je ne vois pas d'inconvénient à ce que vous entriez dans la classe. Mettez-vous en rang.

Les bêtes se placèrent à la suite des fillettes alignées deux par deux devant la porte de l'école. Le sanglier était à côté du cochon,

la petite poule blanche à côté du cheval et le chien au bout de la rangée. Lorsque la maîtresse eut frappé dans ses mains, les nouveaux écoliers entrèrent en classe sans faire de bruit et sans se bousculer. Tandis que le chien, le sanglier et le cochon s'asseyaient parmi les fillettes, la petite poule blanche se perchait sur le dossier d'un banc, et le cheval, trop grand pour s'attabler, restait debout au fond de la salle.

La classe commença par un exercice d'écriture et se poursuivit par une leçon

d'histoire. La maîtresse parla du XVe siècle et particulièrement du roi Louis XI, un roi très cruel qui avait l'habitude d'enfermer ses ennemis dans des cages de fer. « Heureusement, dit-elle, les temps ont changé et à notre époque il ne peut plus être question d'enfermer quelqu'un dans une cage. » A peine la maîtresse venait-elle de prononcer ces mots que la petite poule blanche, se dressant sur son perchoir, demandait la parole.

– On voit bien, dit-elle, que vous n'êtes pas au courant de ce qui se passe dans le pays.

La vérité, c'est que rien n'a changé depuis le XVe siècle. Moi qui vous parle, j'ai vu bien souvent des malheureuses poules enfermées dans des cages et c'est une habitude qui n'est pas près de finir.

– C'est incroyable ! s'écria le sanglier.

La maîtresse était devenue très rouge, car elle pensait aux deux poulets qu'elle tenait prisonniers dans une cage pour les engraisser. Aussi se promit-elle de leur rendre la liberté dès après la classe.

– Quand je serai roi, déclara le cochon, j'enfermerai les parents dans une cage.

– Mais vous ne deviendrez jamais roi, dit le sanglier. Vous êtes trop laid.

– Je connais des gens qui ne sont pas du tout de votre avis, repartit le cochon. Hier au soir encore, les parents disaient en me regardant : « Le cochon est de plus en plus beau, il va falloir s'occuper de lui. » Je n'invente rien. Les petites étaient là quand ils l'ont dit. N'est-ce pas, petites ?

Delphine et Marinette, confuses, durent reconnaître que les parents avaient tenu ce propos élogieux. Le cochon triompha.

– Vous n'en êtes pas moins l'animal le plus laid que j'aie jamais vu, dit le sanglier.

– Apparemment, vous ne vous êtes pas regardé. Avec ces deux grandes dents qui

vous sortent de la gueule, vous avez une figure affreuse.

– Comment ? Vous osez parler de ma figure avec cette insolence ? Attendez un peu, gros butor, je vais vous apprendre à respecter les honnêtes gens.

Voyant le sanglier sauter hors de son banc, le cochon s'enfuit autour de la classe en poussant des cris aigus, et telle était sa frayeur qu'il bouscula la maîtresse et faillit la jeter à terre. « Au secours, criait-il. On veut m'assassiner ! » Et il se jetait entre les tables, faisant

sauter les livres, les cahiers, les porte-plume et les encriers. Le sanglier, qui le serrait de près, ajoutait encore au désordre et grondait qu'il allait lui découdre la panse. Passant sous la chaise où était assise la maîtresse, il la souleva de terre et l'entraîna un moment dans sa course.

Celle-ci s'en trouva d'ailleurs ralentie et Delphine et Marinette en profitèrent pour essayer d'apaiser le sanglier, lui rappelant la promesse qu'il avait faite de ne pas troubler la leçon. Avec l'aide du chien et du cheval, elles finirent par lui faire entendre raison.

– Pardonnez-moi, dit-il à la maîtresse. J'ai été un peu vif, mais cet individu est si laid qu'il est impossible d'avoir pour lui la moindre indulgence.

– Je devrais vous mettre à la porte tous les deux, mais pour cette fois, je me contenterai de vous mettre un zéro de conduite.

Et la maîtresse écrivit au tableau :

Sanglier : zéro de conduite.

Cochon : zéro de conduite.

Le sanglier et le cochon étaient bien ennuyés, mais ce fut en vain qu'ils la supplièrent d'effacer les zéros. Elle ne voulut rien entendre.

– A chacun selon son mérite. Petite poule blanche, dix sur dix. Chien, dix sur dix. Cheval, dix sur dix. Et maintenant, passons à la leçon de calcul. Nous allons voir comment vous vous êtes tirées du problème des bois de la commune. Quelles sont celles d'entre vous qui l'ont fait ?

Delphine et Marinette furent seules à lever la main. Ayant jeté un coup d'œil sur leurs cahiers, la maîtresse eut une moue qui les inquiéta un peu. Elle paraissait douter que leur solution fût exacte.

– Voyons, dit-elle en passant au tableau, reprenons l'énoncé. Les bois de la commune ont une étendue de seize hectares…

Ayant expliqué aux élèves comment il fallait raisonner, elle fit les opérations au tableau et déclara :

– Les bois de la commune contiennent donc quatre mille huit cents chênes, trois mille deux cents hêtres et seize cents bouleaux. Par conséquent, Delphine et Marinette se sont trompées. Elles auront une mauvaise note.

– Permettez, dit la petite poule blanche. J'en suis fâchée pour vous, mais c'est vous qui vous êtes trompée. Les bois de la commune contiennent trois mille neuf cent dix-huit chênes, douze cent quatorze hêtres et treize cent deux bouleaux. C'est ce que trouvent les petites.

– C'est absurde, protesta la maîtresse. Il ne peut y avoir plus de bouleaux que de hêtres. Reprenons le raisonnement…

– Il n'y a pas de raisonnement qui tienne. Les bois de la commune contiennent bien treize cent deux bouleaux. Nous avons passé l'après-midi d'hier à les compter. Est-ce vrai, vous autres ?

– C'est vrai, affirmèrent le chien, le cheval et le cochon.

– J'étais là, dit le sanglier. Les arbres ont été comptés deux fois.

La maîtresse essaya de faire comprendre aux bêtes que les bois de la commune, dont il était question dans l'énoncé, ne correspondaient à rien de réel, mais la petite poule

blanche se fâcha et ses compagnons commençaient à être de mauvaise humeur. « Si l'on ne pouvait se fier à l'énoncé, disaient-ils, le problème lui-même n'avait plus aucun sens. » La maîtresse leur déclara qu'ils étaient stupides. Rouge de colère, elle se disposait à mettre une mauvaise note aux deux petites lorsqu'un inspecteur d'académie entra dans la classe. D'abord, il s'étonna d'y voir un cheval, un chien, une poule, un cochon et surtout un sanglier.

– Enfin, dit-il, admettons. De quoi parliez-vous ?

– Monsieur l'Inspecteur, déclara la petite poule blanche, la maîtresse a donné avant-hier aux élèves un problème dont voici l'énoncé : Les bois de la commune ont une étendue de seize hectares…

Lorsqu'il fut informé, l'inspecteur n'hésita pas à donner entièrement raison à la petite poule blanche. Pour commencer, il obligea la maîtresse à mettre une très bonne note sur les cahiers des deux petites et à effacer les zéros de conduite du cochon et du sanglier.

« Les bois de la commune sont les bois de la commune, dit-il, c'est indiscutable. » Il fut si content des bêtes qu'il fit remettre à chacune un bon point et à la petite poule blanche qui avait si bien raisonné, la croix d'honneur.

Delphine et Marinette rentrèrent à la maison le cœur léger. En voyant qu'elles avaient de très bonnes notes, les parents furent heureux et fiers (ils crurent aussi que les bons points du chien, du cheval, de la petite poule blanche et du cochon avaient été décernés aux deux petites). Pour les récompenser, ils leur achetèrent des plumiers neufs.

Né à Joigny dans l'Yonne, en 1902, **Marcel Aymé** a passé sa jeunesse à Villers-Robert, région de forêts, d'étangs et de prés. En 1925, il vient à Paris, où il exerce divers métiers : journaliste, manœuvre, camelot, figurant de cinéma – avant de publier son premier roman : *Brûlebois.* Son œuvre, qui, comprend plus de trente romans, des pièces de théâtre, de nombreux contes et nouvelles, est un regard sur le monde dans lequel le merveilleux se mêle au quotidien. Marcel Aymé est mort en 1967.

Roland Sabatier a dessiné Delphine, Marinette, et tout l'univers de Marcel Aymé. **Claudine**, sa femme, en a réalisé les couleurs. Roland a étudié l'architecture à Paris. Il a publié ses premiers dessins en 1969 et a illustré de nombreux livres pour la jeunesse. Claudine a été professeur de dessin et elle a collaboré à des ouvrages scolaires. Tous les deux ont une passion : les champignons.

CONTES CLASSIQUES ET MODERNES

La petite fille aux allumettes, 183
La petite sirène, 464
Le rossignol de l'empereur de Chine, 179
de Hans Christian Andersen
illustrés par Georges Lemoine

Le cavalier Tempête, 420
de Kevin Crossley-Holland
illustré par Alan Marks

La chèvre de M. Seguin, 455
d'Alphonse Daudet
illustré par François Place

Nou l'impatient, 461
d'Eglal Errera
illustré par Aurélia Fronty

Prune et Fleur de Houx, 220
de Rumer Godden
illustré par Barbara Cooney

Les 9 vies d'Aristote, 444
de Dick King-Smith
illustré par Bob Graham

Histoires comme ça, 316
de Rudyard Kipling
illustré par Etienne Delessert

Les chats volants, 454
d'Ursula K. Le Guin
illustré par S. D. Schindler

La Belle et la Bête, 188
de Mme Leprince de Beaumont
illustré par Willi Glasauer

Contes d'un royaume perdu, 462
d'Erik L'Homme
illustré par François Place

Mystère, 217
de Marie-Aude Murail
illustré par Serge Bloch

Contes pour enfants pas sages, 181
de Jacques Prévert
illustré par Elsa Henriquez

La magie de Lila, 385
de Philip Pullman
illustré par S. Saelig Gallagher

Une musique magique, 446
de Lara Rios
illustré par Vicky Ramos

Du commerce de la souris, 195
d'Alain Serres
illustré par Claude Lapointe

Les contes du Chat perché

L'âne et le cheval, 300
Les boîtes de peinture, 199
Le canard et la panthère, 128
Le cerf et le chien, 308
Le chien, 201
L'éléphant, 307
Le loup, 283
Le mauvais jars, 236
Le paon, 263
La patte du chat, 200
Le problème, 198
Les vaches, 215
de Marcel Aymé
illustrés par Roland et Claudine Sabatier

AVENTURE

Le meilleur des livres, 421
d'Andrew Clements
illustré par Brian Selznick

Panique à la bibliothèque, 445
de Eoin Colfer
illustré par Tony Ross

Le poisson de la chambre 11, 452
de Heather Dyer
illustré par Peter Bailey

Le poney dans la neige, 175
de Jane Gardam
illustré par William Geldart

Faim de loup, 453
de Yves Hughes
illustré par Joëlle Jolivet

Longue vie aux dodos, 230
de Dick King-Smith
illustré par David Parkins

Une marmite pleine d'or, 279
de Dick King-Smith
illustré par William Geldart

L'enlèvement de la bibliothécaire, 189
de Margaret Mahy
illustré par Quentin Blake

Le lion blanc, 356
de Michael Morpurgo
illustré par Jean-Michel Payet

Le secret de grand-père, 414

Toro ! Toro ! 422
de Michael Morpurgo
illustrés par Michael Foreman

Jour de Chance, 457
de Gillian Rubinstein
illustré par Rozier-Gaudriault

Sadi et le général, 466
de Katia Sabet
illustré par Clément Devaux

Les poules, 294
de John Yeoman
illustré par Quentin Blake

FAMILLE, VIE QUOTIDIENNE

L'invité des CE2, 429
de Jean-Philippe Arrou-Vignod
illustré par Estelle Meyrand

Clément aplati, 196
de Jeff Brown
illustré par Tony Ross

Le goût des mûres, 310
de Doris Buchanan Smith
illustré par Christophe Blain

Je t'écris, j'écris, 315
de Geva Caban
illustré par Zina Modiano

Little Lou, 309
de Jean Claverie

J'aime pas la poésie ! 438
de Sharon Creech
illustré par Marie Flusin

Danger gros mots, 319
de Claude Gutman
illustré par Pef

Sarah la pas belle, 223

Sarah la pas belle se marie, 354

Le journal de Caleb, 441
de Patricia MacLachlan
illustrés par Quentin Blake

Victoire est amoureuse, 449
de Catherine Missonnier
illustré par A.-I. Le Touzé

Oukélé la télé ? 190
de Susie Morgenstern
illustré par Pef

Nous deux, rue Bleue, 427
de Gérard Pussey
illustré par Philippe Dumas

Le petit humain, 193
d'Alain Serres
illustré par Anne Tonnac

Petit Bloï, 432
de Vincent de Swarte
illustré par Christine Davenier

La chouette qui avait peur du noir, 288
de Jill Tomlinson
illustré par Susan Hellard

Lulu Bouche-Cousue, 425

Ma chère momie, 419

Soirée pyjama, 465

Le site des soucis, 440
de Jacqueline Wilson
illustrés par Nick Sharratt

LES GRANDS AUTEURS POUR ADULTES ÉCRIVENT POUR LES ENFANTS

BLAISE CENDRARS

Petits contes nègres pour les enfants des Blancs, 224
illustré par Jacqueline Duhême

ROALD DAHL

Un amour de tortue, 232

Un conte peut en cacher un autre, 313

Fantastique maître Renard, 174

La girafe, le pélican et moi, 278
illustrés par Quentin Blake

Le doigt magique, 185
illustré par Henri Galeron

Les Minuscules, 289
illustré par Patrick Benson

JEAN GIONO

L'homme qui plantait des arbres, 180
illustré par Willi Glasauer

J.M.G. LE CLÉZIO

Balaabilou, 404
illustré par Georges Lemoine

Voyage au pays des arbres, 187
illustré par Henri Galeron

MICHEL TOURNIER

Barbedor, 172
illustré par Georges Lemoine

Pierrot ou les secrets de la nuit, 205
illustré par Danièle Bour

MARGUERITE YOURCENAR

Comment Wang-Fô fut sauvé, 178
illustré par Georges Lemoine

RETROUVEZ VOS HÉROS

Avril
d'Henrietta Branford
illustré par Lesley Harker

William
de Richmal Crompton
illustré par Tony Ross

Les premières aventures de Lili Graffiti
Les aventures de Lili Graffiti
de Paula Danziger
illustré par Tony Ross

Mademoiselle Charlotte
de Dominique Demers
illustré par Tony Ross

Les Massacreurs de Dragons
de Kate McMullan
illustré par Bill Basso

Amélia
de Marissa Moss

Amandine Malabul
de Jill Murphy

La famille Motordu
de Pef

Harry-le-Chat, Tucker-la Souris et Chester-le-Grillon
de George Selden,
illustré par Garth Williams

Eloïse
de Kay Thompson
illustré par Hilary Knight

Les Chevaliers en herbe
d'Arthur Ténor
illustré par D. et C. Millet

BIOGRAPHIES DE PERSONNAGES CÉLÈBRES

Louis Braille, l'enfant de la nuit, 225
de Margaret Davidson
illustré par André Dahan

La métamorphose d'Helen Keller, 383
de Margaret Davidson
illustré par Georges Lemoine